Futboleros

La Pelota roja

Lorenzo Madarro

Rodrigo, Max, Josep, Carlos, Samuel y Diego son amigos desde la infancia. Muy distintos entre sí en apariencia y personalidad pero a todos los une un sentimiento en común, el amor por el fútbol y ese sentimiento hizo que entre ellos surgiera un lazo de amistad tan fuerte que puede llamarse hermandad.

Se conocieron en el barrio en donde vivían, en un pequeño pueblo alejado de la ciudad cuando tenían 7 años la mayoría de ellos, excepto Josep, que para esa época ya había cumplido los 8 años de edad.

Era una tarde fresca cuando Rodrigo, quien se había mudado al vecindario hace algunos meses decidió salir a caminar. Se sentía triste porque el trabajo de su padre obligaba a su familia a mudarse constantemente y otra vez se había quedado sin amigos. No tenía nada que hacer en casa ni con quien jugar así que salió a pasear un rato. Aunque lo había intentado no había podido hacer ninguna amistad desde que se mudó. Este pueblo no le agradaba por eso y porque era bastante pequeño y rural; algo a lo que no estaba acostumbrado porque siempre había vivido en grandes ciudades. Esa parecía ser la causa de que los otros niños lo rechazaran, parecían molestarse por el hecho de que él conociera la ciudad y ellos no.

No se había alejado mucho de casa cuando escuchó sonidos con los cuales se sentía familiarizado. Cerca, en alguna parte, estaban jugando al fútbol. Estaba seguro de ello ya que podía escuchar los sonidos de las pisadas de los jugadores al correr y los gritos de los mismos animándose a que les pasaran la pelota o a que pararan el balón. Incluso escuchó en un momento dado cuando al unísono varios niños gritaban "gol" y reían.

En su colegio anterior Rodrigo era el portero del equipo de fútbol y le encantaba ese deporte. Era su deporte favorito y lo seguía siendo. Por eso deseaba algún día dedicarse a ello de forma profesional. Admiraba a varios jugadores y tenía en su habitación posters de los mismos y varias camisetas de su selección favorita. De hecho, ese día vestía una de ellas. El fútbol era un deporte que lo identificaba y se sintió muy feliz cuando escuchó que otros niños lo estaban jugando, ya que pensó que en el pueblo a nadie le gustaba el deporte.

Nada más escuchar esos sonidos se vio tentado a acercarse y mirar; aunque estaba algo nervioso de hacerlo porque había sido rechazado ya en varias ocasiones por los niños vecinos desde que se mudó, quienes decían que no podían jugar con un urbanita que tenía costumbres diferentes, y lo alentaban a que se fuera y volviera a su ciudad.

Pero en su nuevo colegio no había equipo de fútbol y hace muchos meses que ni jugaba ni veía ningún juego por lo que a pesar de los nervios decidió ir a mirar *¿qué daño podía hacer sólo eso?*, no tenía intenciones de molestar. Sólo quería observar. Había salido para

entretenerse un poco y ver un juego de fútbol parecía ser la mejor opción que tenía para hacerlo.

Siguió los sonidos de pisadas y de gritos de los niños a través de un pequeño callejón hasta llegar a un campo abierto en donde varios niños habían improvisado un pequeño campo de fútbol con porterías hechas de redes de pesca viejas.

Se quedó mirando desde el callejón el juego, casi escondido. Conocía de vista a algunos de los jugadores porque ya los había visto antes en el vecindario, de hecho, dos de ellos vivían a unos metros de su casa, pero no conocía sus nombres. Pensó que ellos tampoco conocerían su nombre y que ni siquiera lo reconocerían porque nunca levantaban la vista cuando pasaba cerca, como si le ignoraran. A otro lo conocía del colegio, este le molestaba directamente. Era uno de los que le habían dicho en una ocasión que regresara a la ciudad y a veces le hacía la zancadilla para que tropezara en la escuela. Conocía su nombre, era Josep. Cuando Rodrigo se dio cuenta de que este era uno de los jugadores pensó en marcharse pero decidió mirar un poco más porque se dio cuenta de inmediato que algo no estaba bien.

En el campo improvisado jugaban 12 niños, seis contra seis. Podía decirse que era el equipo de los grandes contra el equipo de los pequeños, los cuales obviamente estaban perdiendo. En el equipo de los pequeños el más alto era Josep y era el portero. Se le veía angustiado y lastimado. Los demás miembros del equipo de Josep hacían un lastimero intento por quitar el balón a sus rivales, quienes eran casi unos adolescentes. Rodrigo calculó que tendrían ya los once años.

Seis niños de 11 años contra seis de entre siete u ocho años era un juego bastante desproporcionado. Los niños pequeños jugaban en desventaja.

De sólo mirar se podía percibir que en ese juego no se estaban divirtiendo. Los grandes se burlaban de los pequeños y les humillaban. Además jugaban muy brusco y les lastimaban. Muchas de las cosas que observó

Rodrigo habrían sido consideradas como faltas en un juego real y esos jugadores habrían sido expulsados de inmediato, pero aquí no había un árbitro, ni un entrenador, ni ningún adulto que les dijera a aquellos niños grandes que dejaran de lastimar a los pequeños, que eso no estaba bien, que era sólo un juego, que el objetivo del mismo era sólo divertirse. Los niños pequeños apenas tocaban la pelota.

Centrando su atención en aquella situación injusta Rodrigo no se había dado cuenta de que aquellos niños estaban jugando con un balón bastante inusual de color rojo brillante hasta que escuchó a Josep decirle a su equipo que no podían rendirse o perderían el balón rojo que con tanto esfuerzo les había costado comprar. Más tarde Rodrigo se enteraría de que aquellos pequeños habían trabajado por meses cortando el césped a los vecinos y haciendo toda clase de mandados sólo para comprar aquél balón rojo, ya que a todos les apasionaba el fútbol pero ninguno había podido practicar jamás con un balón real porque sus familias no tenían los recursos para comprarles uno. Además, un balón similar había pertenecido, según el abuelo de Josep, al único ciudadano de aquel pueblo que se había mudado de allí y había logrado entrar a las ligas profesionales de fútbol del país. Era una inspiración para cualquiera de los vecinos del pueblo y para estos niños mucho más, ya que deseaban seguir sus pasos.

Se habían convencido de que si tenían esa pelota roja podrían cumplir sus sueños. Más aún cuando en una caravana de circo que había pasado por el pueblo meses atrás habían tenido la oportunidad de leer su destino en una bola de cristal con una gitana, a quien preguntaron si podrían comprar ese balón algún día, ya que era bastante costoso y esta les había respondido que sí, y que ese balón cambiaría sus destinos.

En base a eso habían decidido, con su corta edad, trabajar duro para conseguirlo y habían reunido el dinero suficiente para comprar aquella pelota pero tan pronto como decidieron ir a probarla los niños grandes llegaron para quitársela.

En un intento por defender su balón nuevo Josep retó a los niños grandes a un partido de fútbol. El ganador se quedaría con el balón rojo.

Por lo que estaba sucediendo y el modo en que estos niños estaban perdiendo esa parecía haber sido una pésima idea.

Rodrigo no sabía en sí lo que estaba pasando pero pudo notar la desesperación de Josep y de los otros niños y entendió que si perdían el juego también perderían su balón, claro está aún no sabía la razón de porqué aquellos niños luchaban con tanto esmero por no perder ese balón, pero le molestaba la injusticia que estaba presenciando.

Se sintió tan molesto cuando uno de los niños pequeños abandonó el juego y salió huyendo y con el hecho de que el equipo de los pequeños quedaría descalificado por esta razón que se hizo notar.

- *No pueden descalificarlos. Yo voy a jugar por el niño que se fue.* Dijo con determinación y salió del callejón.

Todas las miradas se dirigieron a él y los niños del equipo de los grandes se burlaron y se encogieron de hombros, denotando así que por ellos estaba bien, que no les importaba, ya que estaban confiados en que aún si continuaban jugando, fuese como fuese, ganarían, no solo porque ya lo estaban haciendo por número de goles sino porque además, Rodrigo también era un niño pequeño.

Sin embargo, Rodrigo, quien ya había pertenecido a un equipo de fútbol anteriormente había notado que estos niños grandes no sabían jugar, y que sólo estaban ganando por su fuerza y brusquedad, así que pensó que si creaban una buena estrategia y trabajaban en equipo aún tenían la posibilidad de ganar los niños pequeños.

Pidió tiempo para hablar con el equipo antes de continuar con el juego y se le concedió. Los niños pequeños, incluyendo Josep, se alejaron un poco del campo improvisado junto a Rodrigo.

- *¿Qué estás haciendo?* Le dijo Josep con tono molesto. *¿Acaso estás demente?, esto es serio, es importante para nosotros, ¿qué puede entender un niño de ciudad como tú de todo esto?*

Rodrigo decidió ignorar las palabras de Josep y les comentó respecto a su plan de crear una estrategia para ganar y de que había notado que los niños grandes eran lentos y no sabían jugar, que estos sólo estaban ganando porque eran más grandes y se aprovechaban de eso. También les comentó que en el equipo de su colegio anterior él había sido portero y de los buenos, y pidió que lo dejaran jugar en la portería.

- Josep se encogió de hombros dando a entender que estaba bien que Rodrigo jugara en la portería. De todas formas estaban perdiendo.

A pesar de su corta edad Rodrigo era muy inteligente, y conocía muchos detalles de fútbol no sólo porque había entrenado antes sino porque le encantaba mirar por la televisión partidos de profesionales. Él creó rápidamente una estrategia en la cual la defensa sería únicamente su responsabilidad como portero (porque tenía experiencia en ello y tenía reflejos rápidos), y la de Josep porque era el niño más grande y le apoyaría para evitar que metieran un gol. Josep debía quedarse cerca de la portería mientras los demás debían concentrarse en atacar.

Rodrigo explicó a los niños que los más grandes eran un poco lentos y que ellos debían procurar jugar con velocidad y les recomendó además, que los engañaran cada vez que pudieran, haciendo ademán de que iban a pasar el balón hacia un lado y haciéndolo hacia el lado contrario, en el cual siempre un compañero debía estar esperando que le pasaran el balón.

Así lo hicieron, Carlos, quien era el más veloz de los que atacaría se apoderó del balón y corrió lo más rápido que pudo seguido de cerca por Samuel y Diego a su derecha y Max a su izquierda. Esquivó a los niños grandes que se le vinieron encima hasta que fue bloqueado por otro.

- *Pásamela a mí.* Dijo Max a la izquierda alentándole a que le pasara el balón.

Entonces Carlos hizo ademán de que haría un pase hacia su izquierda, pero en lugar de ello hizo el pase hacia su derecha, hacia Diego, que recibió el balón. Ayudados por esa pequeña táctica de engaño los niños pequeños hicieron su primer gol. Aplicaron esa táctica frente a la portería e hicieron el segundo y así sucesivamente.

Los niños grandes ya no podían apoderarse fácil del balón, les costaba perseguir a los pequeños y estos por ser más rápido y jugar en equipo, ganaron ventaja. Cuando los niños grandes se apoderaban del balón ya no hacían goles como antes, ya que Rodrigo ciertamente tenía reflejos muy rápidos y además hacía buen equipo con Josep, que lo apoyaba y actuaba como una barrera entre los grandes y Rodrigo en la portería.

El juego empató rápidamente; ya que mientras el entusiasmo de los niños pequeños aumentaba a medida de que metían goles comenzaron a jugar con mayor esmero y mejor, los niños grandes al contrario, se enfurecieron tanto que empezaron a jugar peor.

Al final no hubo desempate porque los niños grandes se sintieron tan molestos y humillados que decidieron irse sin continuar con el juego; no sin antes intentar golpear a Rodrigo, a quien atribuían toda la responsabilidad de no haberse podido apoderar de aquel balón rojo de vistoso color. Pero los niños pequeños defendieron a Rodrigo de aquel ataque. No dejarían que lo lastimaran.

- *Cuando estés sólo ya verás.* Dijo uno de los niños grandes a Rodrigo amenazándole, pero al final, se marcharon sin hacerle daño, derrotados y cabizbajos.

Ante esta situación Josep, Max, Carlos, Samuel y Diego estaban tan felices que no lo podían creer. El hecho de que los niños grandes se hubiesen marchado sin la pelota significaba que habían ganado. Saltaban, reían y celebraban.

Esto sólo podía significar que su suerte estaba comenzando a cambiar y atribuyeron ese hecho a su nueva pelota roja. También atribuyeron a ella el hecho de haber conocido a Rodrigo. La pelota roja les permitiría cambiar sus destinos y para hacerlo, era necesario que se hicieran amigos. Así se había decretado desde el momento en que la gitana les dijo que esa pelota influiría en cambios en sus vidas o al menos de eso estaban convencidos los niños con mucha ilusión.

Esa pelota era como un talismán para ellos y por la forma en la cual la habían ganado hace un momento también era una especie de trofeo. Los había ayudado a conocerse y unirse y desde ese momento se volvieron inseparables.

- *Eres increíble* Le decían a Rodrigo mientras lo rodeaban para agradecerle por su intervención y ayuda en el juego.

La tarde después de ganar el partido a los mayores bromearon un rato sobre las expresiones faciales de los niños más grandes cuando empataron el partido y sobre sus propios movimientos y estrategias al jugar, que compararon con tácticas de jugadores profesionales. Compartieron juntos el resto del día y la tarde y luego los días siguientes.

Josep era tan orgulloso que no se disculpó nunca con Rodrigo por su comportamiento de antes, cuando le molestaba en el colegio, pero comenzó a tratarlo como si fuese su hermano de toda la vida, al igual que los demás niños y le protegía en la escuela. Ahora siempre estaban juntos, formaron entre ellos su propia pandilla.

Cuando lo consideraron apropiado los chicos le contaron a Rodrigo toda la historia de la pelota roja, no sólo respecto a lo duro que habían trabajado para comprar ese balón rojo en la tienda del pueblo sino respecto al hecho de que un día, cuando pasó la caravana del circo, desalentados ante el poco dinero que habían reunido para comprar el balón habían decidido preguntarle a una gitana que leía el futuro si en verdad lo comprarían y esta, después de meditar un poco y observar directamente su bola de cristal por un momento no solo les había dicho que sí, sino que afirmó que ese balón cambiaría sus vidas.

- *Fue como una profecía.* Dijo Samuel al respecto.

- *Yo pensaba que esas eran cosas de locos.* Comentó Max. *Pero me convencí de que es verdad eso de la gitana y el balón rojo que cambiaría nuestras vidas. Al principio sólo le seguía la corriente a los demás pero ahora si lo creo.*

Además el abuelo de Josep antes de morir un día le comentó al mismo que el único del pueblo que había logrado salir de el y cumplir sus sueños había comprado un balón rojo y que él sabía sobre este hecho porque era un niño que conoció en su infancia y al cual personalmente acompañó a comprar ese balón.

- Mi abuelo no pudo haber mentido. Acotó Josep. *Se emocionó cuando le dije que casi reunimos el dinero para comprar el balón y me ha confesado esa anécdota. Debe ser cosa de este pueblo, pero algo así como secreto. Nosotros tuvimos suerte de descubrir que un balón rojo tiene el poder de cambiar destinos.*

Tras el evento de haber ganado el partido a los pandilleros que querían arrebatarles su pelota nueva, la fe de esos niños en el balón rojo creció, y lo hizo aún más cuando Rodrigo le comentó al grupo que había soñado semanas antes de conocerlos con un balón de ese color. Algo así como si ese balón lo hubiese estado llamando. Aquello no era verdad, pero Rodrigo estaba tan feliz de que al fin tenía amigos y les tenía tanto cariño que no quiso desilusionarlos con el hecho de que no creía nada de lo que les había dicho aquella mujer gitana, seguramente sólo quería ganarse un par de monedas y les dijo lo que querían oír. Él inventó la historia de su sueño sólo con la esperanza de alentar su fantasía. Además, pensó que un poco de ilusión no haría daño a nadie.

- *Wow!* Dijo Carlos ante la confesión de Rodrigo. *Estaba destinado amigo allí está la prueba soñaste con el balón rojo y además soñaste que te estaba llamando. Esto es muy fuerte y emocionante.*

Pronto estos seis niños no sólo descubrieron que compartían su pasión por el fútbol sino también por el sueño de llegar a ser algún día deportistas profesionales. Compartían también una fuerza de voluntad inusual para niños de su edad. Fue así como todos juntos decidieron comenzar a entrenar a diario por su cuenta, casi sin descanso y en canchas improvisadas, pero siempre con su balón rojo al cual le tenían un cariño especial, Rodrigo porque le había ayudado a conseguir amigos valiosos y los otros por estar plenamente convencidos de que este era un balón rojo con poder, que cambiaría su vida y sus destinos.

Con ayuda de los conocimientos previos sobre el fútbol que tenía ya Rodrigo fueron viendo una mejoría en sus técnicas de juego y aumentaron su destreza practicando a diario. Cada tarde Max y Samuel buscaban a Rodrigo en su casa, luego iban a casa de Josep y finalmente se reunían todos en la plaza o en las afueras del pueblo para entrenar. Practicaban pases e inventaban tácticas, se divertían mucho haciéndolo.

En ocasiones los niños grandes que intentaron quitarles el balón una vez pasaban junto a ellos y se quedaban mirando el entrenamiento, pero por alguna razón nunca más intentaron molestarlos. Tal vez también querían aprender pero nunca dijeron nada.

A pesar de entrenar muy duro y de haber mejorado en resistencia, velocidad y en la forma en que pasaban el balón y hacían tiros a la portería los chicos eran conscientes de que necesitaban un entrenador real o profesional, o al menos pertenecer a un equipo con el número de integrantes completos para poder participar en un partido de verdad y cumplir su sueño. No importaba que tanto mejoraran si nadie notaba esa mejoría y si no podían jugar con nadie más y así se lo expresaban a sus padres, maestra y a todo adulto al que pudieran con la esperanza de obtener algún tipo de ayuda. Esperaban que alguien tuviera la respuesta sobre lo que deberían hacer para formar parte de un grupo de fútbol de verdad. De una cosa estaban seguros, lo que fuera que los llevaría a alcanzar su sueño estaba lejos de ese pueblo.

Con ayuda de sus padres y después de mucha insistencia comenzaron a enviar varias solicitudes de becas de estudio a la ciudad, contando su historia y sus anhelos de aprender a jugar fútbol de forma profesional y pertenecer a un equipo. Lo hicieron esperanzados en que algún día les aprobarían su petición.

Por su disciplina al entrenar los niños pronto se ganaron el cariño de todos los habitantes del pueblo ya que no había ninguno que no les hubiese visto a diario practicando en sus entrenamientos improvisados. Fue así como junto a las solicitudes de becas de estudio para los niños en la ciudad, se comenzaron a enviar cartas redactadas por los habitantes del pueblo solicitando a autoridades educativas de la ciudad que ayudaran a estos niños a cumplir su sueño. Ya que todos deseaban que pudieran realizarlo.

Estas peticiones tuvieron su fruto 3 años después del incidente con el balón rojo, cuando por fin una tarde de verano al buzón de las familias de cada uno de los chicos llegó una carta en la cual se comunicaba la aprobación de una beca deportiva para los chicos previa evaluación de sus habilidades, es decir, alguien de la ciudad iría a evaluar sus habilidades en el fútbol y si determinaba que los niños calificaban por sus destrezas deportivas, podrían viajar a la ciudad a entrenar en una cancha de verdad, con entrenadores cualificados y podrían participar en partidos reales. Optando por la opción de formar parte de una liga profesional cuando tuvieran la edad requerida para ello si se lo ganaban.

Esta era una noticia excelente, Max, que sobre una escalera ayudaba a su madre a colgar un cuadro se cayó de la escalera por la impresión, Diego y Carlos gritaron tan fuerte que todos en el pueblo pudieron oírlos y pensaron que algo malo les estaba pasando hasta que los vieron saltar de la emoción, Samuel dejó caer un vaso que tenía en las manos y Josep salió corriendo, disparado a la casa de Rodrigo de tanta felicidad que sentía. Sin embargo, descubrieron que Rodrigo no podía estar más triste; no porque no se alegrara de que por fin sus peticiones habían sido respondidas y de que tendrían la oportunidad de recibir entrenamiento de verdad en el fútbol, lo que los acercaba un paso a su sueño sino por el

momento tan inoportuno en el cual recibió esa respuesta, al menos él personalmente.

Su familia y él estaban próximos de nuevo a mudarse por el trabajo de su padre. Significaba que así aprobara la evaluación que les harían, no podría ir a entrenar con el resto.

Ese día cuando el grupo fue en su busca para celebrar lo de la oportunidad de la beca notaron la tristeza de Rodrigo y cuando les contó lo que pasaba no sabían cómo reaccionar.

- *Habla con tu padre.* Le dijo Carlos. *No puede obligarte a mudarte lejos.*

- *Sí, debe dejarte cumplir tu sueño.* Le dijo Samuel.

- *¿Justo ahora?* Expresó Diego

- *No pudo ser en peor momento.* Agregó Max.

Pero Josep permaneció callado observando fijamente a Rodrigo, notaba en su rostro que ya había decidido que no se opondría a mudarse y que se separarían. Después de reflexionar un momento extendió su mano hacia él.

- Gracias por todo amigo; sé que nunca me disculpé contigo por haberte molestado en un principio en la escuela, no te conocía por entonces y era un niño estúpido, pero ahora te conozco y sé que esto no te impedirá cumplir tu sueño; sólo que lo cumplirás desde otro lugar separado de nosotros. Y si llegamos a vernos algún día tengo la esperanza de competir contra ti en un partido. Mejoraré y seré un excelente rival. Ya lo verás. Le dijo.

Fue un momento muy triste y emotivo, porque se estaban despidiendo. Rodrigo agradeció a Josep sus palabras pero no estrechó su mano, sino que lo abrazó y luego se abrazaron todos.

- ¿Cuándo te irás? Preguntó finalmente Max.

- Pasado Mañana. Respondió Rodrigo.

- *Eso está muy bien.* Dijo Josep finalmente.- *Mañana vendrá nuestro evaluador, a pesar de que no vayas a optar por la beca deberías presentar la prueba con nosotros.*

Rodrigo no estaba decidido a hacerlo pero los demás lo convencieron. Ya que sería la última vez que podrían entrenar y jugar juntos. Al menos por un tiempo indefinido.

Al día siguiente a las 7 de la mañana todos se encontraban junto a sus familias y los curiosos del pueblo en las afueras de este listos para recibir la prueba. Vestían sus mejores camisetas y zapatos deportivos y no podían estar más felices.

Tenían una enorme curiosidad sobre que clase de persona vendría para evaluarlos y sobre que deberían hacer en la prueba. No podían contener los nervios.

El entrenador llegó puntual en una camioneta color azul. Su apariencia era todo lo que los chicos querrían ser de mayores, ya que cada parte del cuerpo de este entrenador identificaba la buena condición física que tenía. Era fuerte y musculoso y los niños morían por verlo jugar en algún momento.

Se presentó y felicitó a los chicos porque había sido informado de la historia de estos y de su disciplina y voluntad de entrenar por su cuenta ya que no existían recursos en el pueblo para que pudieran haberlo hecho de otra forma. Les dijo que eran dignos de admiración y finalmente les explicó en qué consistiría la evaluación y les dijo que calificaría según el nivel de destreza, habilidad y trabajo en equipo que demostraran.

- *Creo que moriré de los nervios.* Murmuró Diego y los otros le hicieron señas de que callara.

Por fin supieron en qué consistiría la evaluación, consistiría en varias fases, tendrían que realizar pases, golpear el balón y finalmente harían un juego improvisado tres contra tres. De ese modo serían evaluados primero en forma individual y luego por equipos.

Para dar inicio a la evaluación el entrenador se dirigió a su camioneta a buscar un balón verde que traía consigo pero Josep había traído su pelota roja y preguntó si podían presentar con ella. A lo que el entrenador aceptó.

Todo estaba saliendo como los niños esperaban.

Todos presentaron la evaluación y obtuvieron resultados positivos. Eran veloces manejando el balón y no perdían el control del mismo. Además podían realizarse pases entre sí desde distancias cortas y largas de forma aceptable, claro está, tenían aún mucho por aprender, pero sus habilidades actuales eran suficientes para optar por la beca.

Cuando les dijeron que serían aceptados en la escuela deportiva, no pudieron contener la felicidad, saltaron, rieron y celebraron. Pero también estaban tristes por tener que despedirse de Rodrigo y que él mismo no tuviera la oportunidad de acudir a esta escuela junto a ellos. Habían guardado en secreto la esperanza de que cuando los padres de Rodrigo vieran que había aprobado la prueba para obtener la beca decidieran enviarlo con ellos, o no mudarse, pero no fue así. Sin embargo, obtuvieron consuelo en el hecho de que Rodrigo prometió seguir entrenando y que algún día volverían a jugar juntos. Se prometieron jamás romper su lazo de amistad y continuar entrenando hasta cumplir su sueño.

Sin embargo, los chicos también estaban tristes por Rodrigo porque él no podría llevarse la pelota roja, y creían que ello seguramente le dificultaría convertirse en un jugador profesional. Pero al final decidieron que no hablarían de ello ni se preocuparían en exceso. Rodrigo desde muy pequeño había demostrado saber cómo cuidarse sólo. Estaría bien.

El día de la partida llegó finalmente, los chicos se fueron con el entrenador (con permiso de sus padres claro está) en su camioneta azul rumbo a su nueva escuela fuera de la ciudad y lejos del pueblo que era el único lugar que conocían y Rodrigo partió por su parte a un lugar lejano. Los chicos se llevaron consigo la pelota roja porque estaban convencidos de que gracias a ella, sus destinos habían tomado este rumbo incierto y emocionante. No extrañarían el pueblo ni su vida allí, pero extrañarían a sus familiares y más aún, a Rodrigo. Sin embargo, debían seguir adelante y entrenar duro para llegar un día a ser jugadores profesionales. Y deberían asegurarse de llevar consigo siempre su amuleto de la suerte.

-*Que bien que esa gitana nos leyó el futuro.* Dijo Carlos después de un rato del recorrido por la carretera mientras miraba fijamente por la ventana. *De no haberlo hecho puede que no hubiésemos trabajado para comprar esta pelota roja, y quien sabe que sería de nosotros.*

- *Sí.* Asintieron los demás.

Después de un recorrido de aproximadamente 8 horas por carreteras desoladas esa noche llegaron por fin a su nuevo Instituto. Se bajaron de la camioneta antes de que esta se hubiese detenido completamente, estaban demasiado emocionados para esperar por lo que corrieron hasta la entrada y contemplaron la vista.

El instituto era mucho más grande de lo que imaginaban, una instalación moderna que los niños jamás en su vida habrían soñado con apreciar. Tenía dos pisos compuestos en su mayoría por oficinas y habitaciones para los chicos que allí entrenaban y sus entrenadores, pero también un área de comedor y gimnasio, un área de trofeos y varias canchas deportivas. Al menos eso les había dicho el entrenador en el camino, pero por ahora, era poco lo que su vista podía apreciar. Claro está, al amanecer podrían conocer el instituto con calma. Estaban emocionados y asustados y sentían que no podían esperar para entrenar pero les mandaron a dormir para al día siguiente comenzar el entrenamiento real.

Mientras el entrenador les daba un breve recorrido por el Instituto para llevarlos a su habitación Josep no pudo evitar romper fila y correr hacia una enorme cancha de fútbol cercana. Al ver que este corría los demás le siguieron a pesar de que el entrenador les pidió que regresaran porque dijo que al día siguiente tendrían suficiente tiempo para ver la cancha. No obstante les dio finalmente un momento porque entendía la emoción que sentían.

- Wow, dijo Josep arrojándose sobre el césped y sintiendo cómo le hacía cosquillas en la cara.

- *Es más grande de lo que imaginaba.* Dijo Diego.

- *Es enorme.* Dijo Max.

- *Ojalá Rodrigo hubiese podido venir a ver esto.* Dijo Carlos.

- *Algún día lo hará o entrenará en lugares mejores. No puedo esperar comenzar a entrenar, os juro que me muero por entrenar ya.* Dijo Josep levantándose del césped y en ese momento fueron interrumpidos por el entrenador.

- *Basta ya, basta ya, a dormir.* Les dijo y todos obedecieron y lo siguieron a sus habitaciones. Pero dormir esa noche era una tarea muy difícil de ejecutar. Sus corazones estaban agitados por lo que les deparaba el día que se avecinaba. Al fin entrenarían de verdad. Estaban de esa forma más cerca de alcanzar su sueño.

Aunque cerraran sus ojos su mente intranquila los hacía imaginarse corriendo por las grandes canchas, metiendo goles, ganando partidos, convirtiéndose en jugadores profesionales. Era imposible descansar así. El único que durmió esa noche fue Max y tuvo una pesadilla, soñó que se les perdía su balón rojo y que por eso jugaban mal y como consecuencia perdían su beca. Se despertó asustado y los demás, le calmaron. Luego la noche transcurrió con calma pero ninguno se atrevió a volver a dormir porque temían tener pesadillas. En lugar de eso hablaron toda la noche sobre como imaginaban que sería el entrenamiento y sus entrenadores, hasta que, por fin, la luz comenzó a entrar desde la ventana y supieron que ya había amanecido.

Los niños se levantaron muy temprano y se prepararon para recibir su entrenamiento intensivo. Se aseguraron de bajar con su balón rojo para entrenar con él.

El entrenamiento comenzó desde ese día. Se trataba de un entrenamiento duro para que adquirieran las habilidades y destrezas que necesitaban para jugar al fútbol de forma profesional. El entrenador era estricto y sus compañeros eran algo difíciles de tratar, ya que les rechazaban en principio por venir de un pueblo lejano; pero ignorando lo duro que era los niños seguían su

disciplina y las instrucciones de los entrenadores al pie de la letra. Eso sí, sin separarse. Sólo así lograrían alcanzar su sueño. Incluso en ocasiones, en momentos de descanso en general eran sorprendidos entrenando por su cuenta, y reprendidos por sus entrenadores por eso, ya que los alentaban a que descansaran de vez en cuando. Pero en realidad eso lo hacían porque el fútbol les encantaba y entrenar y jugar les divertía. Sentían que querían vivir para eso toda su vida, para entrenar y jugar.

En velocidad y destreza los niños destacaban. Esto había sido producto del entrenamiento previo en el pueblo, junto a Rodrigo. Sin embargo, ellos no hacían reparo en ello y no confiaban realmente en sus habilidades, sino en la suerte que según ellos les daba el balón especial y por eso entrenaban más duro ya que temían algún día o por cualquier causa perder su balón especial y por tanto, su capacidad para jugar bien. Perder ese balón les quitaba el sueño.

Los meses pasaban y estos niños destacaban cada día más en todas las áreas en las cuales se les evaluaba. Todos eran rápidos, fuertes y diestros con el balón, incluso demasiado para su corta edad. Se fueron ganando así, la admiración de todos los miembros del instituto y se volvieron populares entre ellos.

Como equipo eran imparables, una combinación que a los entrenadores no les gustaba romper, ya que, si estos 5 niños estaban juntos, ganaban cualquier partido. Su conexión era tan fuerte que cuando jugaban juntos parecía que leyeran la mente uno del otro y adivinaran tácticas de esta forma. Todos los que podían verlos jugar se sorprendían con las habilidades de estos cinco chicos.

- *Parecen psíquicos.* Decían algunos refiriéndose a esa especial conexión entre ellos.

Crearon una maniobra en memoria de Rodrigo que consistía principalmente en engañar al rival para desestabilizarlo y meter gol, lo hacían cerca de la portería y cambiaban la manera de hacerlo cada vez, por lo que aunque predecible de alguna forma era difícil saber quién sería el que golpearía el balón y casi nunca fallaban al hacerlo.

Finalmente, un año después les asignaron para representar la selección principal.

Josep llegó a ser el capitán del equipo, se le asignó una camiseta propia con el número 10, mientras que a Max le asignaron el número 5, a Carlos el 8 y a Diego el 11. Sus uniformes eran color rojo y eso convenció más a los niños de que el lugar en el cual se encontraban había sido determinado por su destino, y su balón rojo, el cual llevaban a cualquier partido sin falta, como un amuleto de la buena suerte.

El equipo de Rodrigo, Max, Josep, Carlos, Samuel y Diego no perdió jamás un partido ni desde el momento en que iniciaron su entrenamiento, ni ante competiciones escolares contra otros institutos. Adquirieron cierta fama ya que su equipo era invicto y por dos años consecutivos quedaron de primeros y fueron los ganadores de la competencia nacional intercursos, en la cual niños de las selecciones de todos los institutos del país, participaban. Para ellos el secreto de esto radicaba en que siempre sin falta, jugaban con su pelota roja.

En el año que transcurría ya estaba próximo el siguiente evento intercurso nacional y esta vez, este sería especial pues sería observado por miembros de selecciones internacionales que estaban interesados en reclutar chicos en sus academias con destrezas impecables. Era la oportunidad de los niños de destacar para ser reclutados ante la selección de otro país y cumplir su sueño o acercarse aún más a él.

-*¿Con quienes competiremos este año?* Preguntó Diego mientras se sentaba en la mesa del comedor del instituto.

- *¿A quién le ganaremos este año querrás decir?* Respondió Josep bromeando.

- *Los mismos de siempre, excepto por un equipo de una ciudad lejana que jamás se había inscrito en ninguna de las competiciones. Deben ser malos jugando.* Dijo finalmente Samuel mientras devoraba su almuerzo.

- *No importa, así sean buenos les ganaremos siempre y cuando llevemos con nosotros nuestra arma secreta* Argumentó Carlos.

- *Es verdad.* Afirmaron todos.

En ese momento un compañero de instituto interrumpió la conversación de los chicos y les dijo que había llegado un sobre para ellos. Estos se sorprendieron ya que no era usual que recibieran cartas.

Max prácticamente arrancó el sobre de las manos de aquel chico y lo rompió apresuradamente.

Gracias. Le dijeron los demás y el chico del instituto se marchó.

- *¿Y bien?* Preguntó Josep *¿Qué es?*

Max no podía contener la emoción. Era una carta de Rodrigo, de quien no habían tenido noticias desde hace años. Daba una dirección en la carta y era de una ciudad vecina. Rodrigo estaba cerca, tal vez le verían pronto.

-*¿Y qué dice?* Preguntó Carlos arrancando la carta de las manos a Max

- *Vais a romperla decid ya lo que dice. Alguien que la lea en voz alta ya.* Demandó Josep.

Rodrigo sólo quería saber de sus viejos amigos, les decía en la carta que estaba bien y que tenía muchas cosas que contarles pero que quería que ellos le contaran todo primero, como había sido su entrenamiento, como les iba con los partidos...todo. Les decía además que los había echado mucho de menos y que no podría esperar para verlos, que los visitaría tan pronto pudiera.

En ese mismo momento los chicos se apresuraron en escribir una carta para comunicarse con Rodrigo. Max fue a buscar un bolígrafo y papel y se pusieron manos a la obra.

Quien escribió fue Carlos mientras los otros chicos le decían sus ideas para escribirle a Rodrigo. Pero en resumen, a través de su carta propia le comentaron a este lo bien que les había ido gracias al balón rojo y le pedían que los fuese a ver jugar en los partidos de la competencia intercursos para que comprobara todo lo que habían crecido y mejorado.

-*Déjame ver como quedó.* Dijo Samuel arrancando la escritura de las manos de Carlos cuando este la terminó de escribir.

- *No la critiques, si vas a criticarla escríbela entonces tú.* Le respondió Carlos.

- *Basta muchachos, Ahora sólo debemos enviarla.* Dijo Max.

- Sí, le pediré el favor al entrenador para enviarla. *Nos reencontraremos allí.* Dijo Carlos. *Será todo maravilloso.*

- *Será así.* Afirmaron con ilusión los demás.

Max, Josep, Carlos, Samuel y Diego entrenaron a partir de ese momento con más ahínco ya que les emocionaba el hecho de que probablemente Rodrigo les iría a ver jugar en la competencia nacional. Querían sorprenderlo.

Así pasaron los días y la fecha de la realización de la competencia llegó por fin. Los amigos estaban realmente emocionados ante la posibilidad de un reencuentro con su viejo amigo. Si bien es cierto no habían recibido una carta de respuesta de Rodrigo, tenían fe de que este haría todo lo posible por ir a verlos jugar.

Se prepararon y alistaron con su uniforme. Subieron al autobús del instituto rumbo a la sede de la competencia con toda la selección, pero sobre todo, se aseguraron de llevar consigo su balón rojo. No podía faltarles su amuleto de la suerte en un evento tan importante. Debían ganar a toda costa todos los partidos no sólo porque de otra forma perderían la oportunidad de ser seleccionados en un equipo de un país extranjero sino también porque no podían quedar mal ante los ojos de Rodrigo quien más que un amigo y hermano fue su primer entrenador, y era algo de lo cual ellos eran conscientes.

Al llegar a la sede de la competencia y bajar del autobús se sorprendieron de lo grande que era el Estadio donde jugarían, era un Estadio en donde habían tenido lugar competencias de adultos profesionales. Los niños lo habían visto algunas veces por televisión y habían hablado sobre ese sitio. Afirmando que querían ir a jugar allí algún día, no sabían que esa meta se cumpliría justo en ese momento. Eso les emocionó bastante.

Al comenzar a caminar se dieron cuenta de que había más personas entre la audiencia que en años anteriores. Probablemente derivado del hecho de que este evento sería observado por extranjeros. Era una oportunidad que ningún chico quería desaprovechar, así que ese año fueron más los participantes de la competencia y por esa razón también fueron más los participantes de la audiencia.

Mientras caminaban entre la multitud los chicos miraban de un lado a otro en busca de una cara familiar: La de Rodrigo, pero no lo vieron por ninguna parte. Había mucha gente y tenían que empujar un poco para abrirse paso. Probablemente Rodrigo estaba allí, en alguna parte, pero encontrarlo era difícil en esas circunstancias. Era como buscar una aguja en un pajar, como dice la expresión popular.

Se relajaron ya que se dijeron a sí mismos que no tendrían que buscar a Rodrigo, si él estaba allí, los encontraría por su cuenta.

En un momento dado, con micrófono fueron llamados todos los participantes de la competencia a hacer fila para dar apertura al evento. Los chicos debieron entonces dirigirse al centro de la cancha junto con su selección y la selección de todos los participantes de la competencia.

Después de un breve opening, en el cual varias niñas bailaron apoyadas de cintas y banderines para animar a la audiencia, fue anunciado el orden de los eventos y quienes serían rivales. Así como el orden de las jugadas.

El primer partido era entre la selección del partido del instituto de nuestros protagonistas y la selección del instituto de una ciudad vecina contra quienes ya habían jugado antes. Estos rivales eran excelentes defendiendo pero tenían fallos en sus tácticas de ataque. Josep y los chicos no se sentían preocupados por ese juego, se sentían capaces de ganarles. Además, después de todo llevaban consigo su balón del destino.

Cuando llegó la hora de comenzar el juego los equipos rivales estaban en el centro de la cancha, en fila. Josep, y el capitán del equipo rival, un chico moreno del mismo tamaño y contextura que él, se adelantaron al centro hasta quedar cara a cara.

El árbitro con moneda en mano preguntó *¿Cara o Cruz?* Y Josep dejó que el capitán del equipo rival escogiera primero. Este escogió cara. Fue lanzada la moneda y al revelarla había salido cruz. Eso significaba que el otro equipo daría la patada inicial. Así fue y el partido comenzó.

Aunque los chicos no habían tenido la oportunidad de cruzarse con Rodrigo sabían que él estaba allí, en alguna parte, observándolos. Así que emplearon la técnica que habían creado en su memoria y se titulaba con su nombre.

En un momento dado, Josep llegó frente a la portería, burló a la defensa rival y cuando estaba a punto de realizar el tiro de gracia hacia la portería. Samuel, quien estaba a su derecha le gritó *"Pásamela"*. Este hizo ademán de que pasaría el balón a su derecha pero lo hizo hacia atrás de él sin siquiera mirar o esperar una señal. Sabía que alguno de los chicos estaría allí ya preparado para golpear el balón y así fue. Diego anotó el primer gol con la pelota roja y en términos similares hicieron el segundo y el tercero hasta que finalmente ganaron el partido.

- *Rodrigo estará feliz.* Dijo Carlos mientras abandonaban la cancha, en la cual el equipo rival lloraba y pataleaba por haber perdido.

- *Así es* Dijeron los demás. *Queremos verlo.*

Y se dirigieron a las gradas para presenciar los partidos venideros, observando a su alrededor en busca de Rodrigo, pero tampoco lo vieron esta vez. Cuando se sentaron por fin observaron que tocaba en ese momento jugar al equipo de la ciudad lejana que nunca había participado en una de estas competencias y a un equipo apodado los Tigres de Bengala porque el capitán tenía una táctica especial cuando golpeaba el balón que el mismo denominó así porque era fuerte, como un tigre de bengala. O al menos eso le habían escuchado decir una vez.

Era su oportunidad de ver jugar al equipo nuevo y saber así de que eran capaces. Por lo que prestaron mucha atención en el juego y de verdad se divirtieron, ya que resultaron ser muy buenos jugadores todos cuanto jugaron ese partido. Se sorprendieron cuando el equipo proveniente de una ciudad lejana ganó. Su táctica de defensa y ataque era buena pero ganaron principalmente por las habilidades y reflejos rápidos del portero, quien paraba todos los goles del rival.

- No sé por qué ese chico de la portería me parece como familiar. Había dicho en un momento dado Josep. Pero luego dejó de pensar en eso. Venía de muy lejos, era imposible que lo conociera, tal vez sólo le recordaba a alguien.

Los chicos por un momento quisieron averiguar el nombre de ese portero habilidoso porque les sorprendió su destreza pero no pusieron mucho empeño en eso porque sabían que lo enfrentarían tarde o temprano en un partido. Ya tendrían oportunidad de conocerlo mejor. No había apuro.

Al final de la tarde habían terminado los juegos por ese día y continuarían al siguiente. Así que los chicos bajaron de las gradas y salieron del estadio para dirigirse junto con su selección a subir al autobús y dirigirse al hotel donde se hospedarían. Allí, recostado en la puerta del autobús se encontraron con el portero del equipo de la ciudad lejana a quien habían querido conocer.

- *¿Qué tal chicos?* Les dijo este

- Encantado de *conocerte* Dijo Carlos *Eres muy buen portero, tienes reflejos de gacela o algo así*

- *¿De gacela?* Reprendió Josep a Carlos *El chico pensará que te burlas de él*

- *No quise que sonara así* Se apresuró a corregir Carlos *Solo digo que eres muy bueno en lo que haces.*

- *Muchas gracias* Les dijo aquel chico amablemente y extendió su mano hacia ellos:

"Sólo quería conoceros, sois casi una leyenda, he escuchado mucho sobre vosotros y de que no habéis perdido ni un partido. Me esforzaré para llegar a la final y enfrentarlos en la competencia" Los chicos estrecharon su mano y acordaron que sería así, se enfrentarían y que ganara el mejor. El portero se marchó y ellos se quedaron mirándolo hasta que lo perdieron de vista.

-*¿Alguien recuerda como se llama?* Preguntó entonces Max

- Pues creo que no lo dijo. Contestó Samuel.

- *Bueno, bueno, somos maleducados.* Dijo Carlos. *Ya nos aprenderemos su nombre después.*

Luego subieron al autobús, no sin antes dar un último vistazo a los alrededores con la esperanza de ver si cruzaban miradas con Rodrigo o le veían. Pero no tuvieron éxito en ello.

Se sintieron decepcionados, Rodrigo seguro no pudo asistir a la competencia porque de haberlo hecho los hubiese buscado. No obstante estaban seguros de que se aparecería de un momento a otro.

- *Tenemos que ganar.* Les dijo Josep antes de dormir esa noche. *No sólo para que nos seleccionen como parte de un equipo extranjero sino por Rodrigo. Tenemos que mantenernos en el juego hasta que él pueda venir a vernos competir.*

Todos estuvieron de acuerdo y luego se durmieron.

Temprano, a la mañana siguiente, luego de entrenar un poco y de desayunar debían alistarse para subir al autobús y dirigirse de nuevo a la competencia. Tendría lugar otro juego en el cual participarían. Pero ya cuando llegó el momento de subir al autobús Josep no aparecía por ninguna parte y el entrenador ordenó buscarle.

Carlos, Max, Samuel y Diego, quienes ya habían subido al autobús se ofrecieron a ir por él y volvieron al hotel. Sabían que algo andaba mal. Josep jamás se retrasaba, por lo que corrieron lo más rápido que podían y comenzaron a buscarlo por todos lados.

Lo encontraron en la habitación revolviendo los cajones.

- *¿Qué ocurre?* Le preguntó Samuel preocupado, ya que se notaba la angustia de Josep en su rostro.

- *No la encuentro, la pelota roja desapareció.* Contestó.

- *¿Queeeee?* Gritaron al unísono y comenzaron también a revolver toda la habitación, buscando en cada rincón.

- *¿Dónde la dejaste anoche?* Preguntó Carlos.

- *No,* Arguyó Diego. *La pregunta correcta es ¿quién la tenía anoche?* Corrigió.

- *La tenía yo* Dijo Max, *pero la dejé bajo la cama de Josep, como siempre, donde siempre.*

- *La perdiste.* Afirmó Diego acercándose a Max y empujándole.

Antes de que comenzaran una pelea Josep intervino.

- *Esto no es lo que necesitamos ahora.* Les dijo, *Lo que necesitamos es encontrar la pelota roja o perderemos el partido. Haremos el ridículo. Pelearnos no lo solucionará.*

Los chicos estuvieron de acuerdo y dejaron de buscar culpables. Siguieron buscando entonces el balón por toda la habitación, luego en la habitación contigua y finalmente en las afueras hasta que el entrenador llegó y les regañó.

-Llegaremos tarde chicos. Vámonos ya Les dijo *¿Qué estáis haciendo?*

- No podemos irnos así entrenador, es que se perdió nuestro balón intentó explicar Diego pero el entrenador les dijo que había muchos balones en la sede de la competencia, que subieran ya al autobús o se quedarían y participarían en la competencia, los demás miembros de la selección sin ellos. Esta amenaza acabó por convencerlos a que subieran al autobús sin su balón rojo. No tenían opción.

Lo hicieron cabizbajos y desilusionados. Todo estaba perdido ahora, el único con el poder para cambiar sus destinos era el balón rojo que habían comprado años atrás. Sin el, volverían a ser los chicos normales del pueblo, perderían la beca y los enviarían de vuelta a sus anteriores vidas. Sólo que ahora eran más grandes y no sabían que sería de ellos sin el fútbol.

Que mal momento para que sucediera aquello, que mal momento para que se perdiera el balón rojo. Justo en medio de una competición que les abría las oportunidades de viajar al extranjero para acercarse un poco más a su sueño, justo en la competición en la cual Rodrigo tendría la oportunidad de ir a verlos jugar. No podían estar más tristes, no entendían lo que pasaba, el balón siempre estaba en el mismo sitio cuando no jugaban, no entendían como había podido perderse de la habitación. Aún así, ya no había opción, debían jugar sin su balón rojo, tenían que intentarlo al menos.

Llegaron con el tiempo justo para apenas prepararse para empezar a jugar. Antes de comenzar la competición el equipo se reunió con el entrenador, quien les dio las tácticas que usarían y les dijo palabras de aliento. Pero estas no funcionarían en los chicos, ya que se mentalizaron en que perderían. En su cabeza no había nada que hacer, hicieran lo que hicieran, perderían. Se imaginaban toda clase de situaciones desastrosas y una vez que inició el juego estas situaciones comenzaron a ocurrir.

Durante el partido los chicos no se mostraban concentrados como lo hacían siempre, estaban por el contrario, dudosos y asustados. Cada vez que lograban hacerse con el balón verde con el que estaban jugando, recordaban que ese no era su balón de la suerte y se distraían lo suficiente para que el equipo rival les quitara el balón. En un momento dado comenzaron a mirar hacia las gradas para ver la cara de los entrenadores de selecciones internacionales, que los estaban juzgando y se desesperaban aún más si notaban que estos anotaban algo en sus agendas.

- *Perderemos la beca.* Se decían así mismos.

Fue tal el nivel de desequilibrio mental que sufrieron en ese momento que Samuel terminó lesionándose y debieron reemplazarlo en el juego.

Había intentado defender la portería dando un salto hacia el balón para pararlo, ya que estaba jugando esa vez en la portería y al ver el color del balón no pudo evitar imaginar las desgracias que se avecinaban, con la mala suerte que acabó golpeando su cabeza con el palo al extremo de la portería.

Por fin, desastre tras desastre, el primer tiempo terminó. Estos habían sido los 45 minutos más desesperantes en la vida de los chicos mientras jugaban. Todo había salido mal y ellos solo pensaban que se debía a que habían perdido su balón de la suerte.

- *¿Qué os pasa niños?* Les dijo el entrenador en privado. Los había llevado a un lugar apartado para hablar, ya que había notado que algo iba mal en ellos. Lo que acaba de pasar *fue un desastre, si seguimos así en el segundo tiempo vamos a perder. Bueno... no quiero* *presionaros demasiado, si perdemos está bien pero sólo si dais lo mejor de vosotros mismos. ¿Alguno puede decirme que sucede? Vosotros no sois así.* Preguntó finalmente.

- *Es que, nuestro balón rojo es el balón del destino. Sin él perderemos el partido y no lo hemos podido encontrar entrenador.*

Respondió Samuel.

- *¿El balón qué?* Preguntó el entrenador arrugando los ojos e intercambiando su mirada con la de todos ellos como esperando que le contaran más.

- *Bueno...* dijo Josep tomando coraje, *ya es hora de que sepa nuestro secreto entrenado*r. Y fue allí cuando Josep le contó todo. El día en que paseando por el pueblo vieron el balón en la vitrina, cómo habían trabajado para conseguir el dinero, lo mucho que les había costado al punto de preguntar a la gitana de una caravana de circo si de verdad lograrían reunir el dinero para comprarla, lo que había dicho la gitana del balón, que este cambiaría sus destinos, la conversación de Josep con su abuelo quien le afirmó que un balón de ese color era necesario para que cumpliera su sueño e incluso, el sueño de Rodrigo.

- Como, como, como. Interrumpió el entrenador en un momento dado la historia. *¿Me estáis diciendo que todos los partidos que habéis ganado y todo lo que habéis logrado hasta ahora ha sido porque habéis jugado con una pelota roja y no con otra?*

- *Sí entrenador. Parece una locura pero es la realidad.* Insistió Samuel.

- *Veamos.* Exclamó el entrenador con mucha calma y suspiró. No dijo nada por un momento como si pensara cuidadosamente sus palabras y los chicos solo lo miraban fijamente, nerviosos, ya que pensaban que el entrenador estaría furioso porque no le habían contado antes lo del balón rojo.

- Finalmente, habló con voz suave y amable y exclamó las siguientes preguntas: *¿Qué ha pasado con el entrenamiento?, ¿es que no entrenáis todos los días?, ¿no seguís la rutina de ejercicios? ¿o es que no seguís las instrucciones de vuestro entrenador?* Preguntó.

- *Sí lo hacemos, hacemos todo eso entrenador, y entrenamos duro* Contestó Carlos aún nervioso.

- *Me consta que lo hacéis.* Les dijo.

Escuchad, creo que desde hace tiempo debíais hablar conmigo o con cualquier adulto acerca de lo que pensabais sobre el balón rojo, al punto que quiero llegar es que podéis jugar o entrenar con cualquier pelota. El secreto del éxito no está en el color o el material de la pelota ni a quien perteneció, está en el esfuerzo, la dedicación, la disciplina, el empeño que le pongáis en alcanzar aquello que os proponéis y vosotros os habéis esforzado en ser mejores jugadores cada día. Vuestro éxito no se ha debido a que jugáis con la pelota roja, se debe a que habéis trabajado duro y tenéis la capacidad física y el conocimiento en el juego necesario para ganar...

- Pero es que nuestras vidas en serio comenzaron a cambiar a partir de que compramos la pelota roja. Conocimos a Rodrigo. Dijo Josep como negándose a creer, *fue a partir de ese momento que todo cambió, sólo una persona antes de nosotros había podido mudarse del pueblo y ganar, nosotros también pudimos sólo por el balón. Sería una locura de no ser así porque ¿y lo que dijo mi abuelo?, ¿Y el sueño de Rodrigo?, no sé qué pensar.*

Todos se sintieron extrañados con la revelación que les había hecho el entrenador, tenía sentido pero cómo podían explicar lo del sueño de Rodrigo o las palabras de su abuelo hacia Josep, si esas no eran señales del poder del balón del destino *¿Qué eran?*

Resultó que la madre de Josep había hecho un largo viaje para ir a ver la competición y darle una sorpresa a su hijo. Había notado que algo iba mal y los siguió hasta el sitio apartado donde fueron a hablar con el entrenador pero estuvo escondida hasta ese momento. Cuando consideró que era necesaria su intervención fue allí cuando salió de su escondite.

- *¿Mamá?* Dijo Josep sorprendido al verla y luego se arrojó sobre ella y la abrazó. Estaba agradecido de que su madre estuviese allí ya que nunca necesitó un abrazo como lo necesitaba en ese momento.

- *Hijo mío tengo que decirte algo.* Le dijo con amor su madre. *Quiero que escuchéis todos.* Dijo dirigiéndose a los demás niños.

- *¿Qué es lo que ocurre mamá?* Preguntó Josep.

Finalmente, luego de tomar un poco de aire la madre de Josep confesó que ella y el abuelo de Josep se habían sentido muy tristes de saber que Josep soñaba con tanto esmero ser deportista profesional y que ellos no contaban con el dinero para ayudarlo que cuando les contó que estaba trabajando para comprar un balón se emocionaron. Estaban felices y deseaban que pudiera reunir el dinero suficiente para comprarlo. Pero cada día lo veían desanimarse más porque era poco el dinero que podía reunir y no podía hacerlo tan rápido como quería así que decidieron inventar esa historia del jugador que usó una pelota de ese mismo color para lograr su sueño, y crearle la ilusión a Josep que le permitiera seguir luchando por su meta sin desfallecer.

Todos, al escuchar esa historia entendieron lo que había pasado y lo agradecieron. De no haber tenido su fe tan grande en el balón rojo probablemente no lo hubiesen comprado, ni hubiesen entrenado con dedicación, ni hubiesen llegado tan lejos como lo habían hecho. Todo este tiempo no había sido el balón rojo el que había cambiado su suerte y destino sino ellos mismos. Ellos mismos decidieron que lucharían por cumplir su sueño y lo habían hecho hasta ahora. Un balón rojo o uno verde no les impediría seguir luchando por alcanzar su sueño. El partido actual lo estaban perdiendo porque ellos mismos estaban provocando eso pero estaban dispuestos a cambiarlo ahora.

Se sintieron felices y valientes de nuevo.

-Tenemos 45 minutos para ganar un partido. Dijo Diego.

- Ya lo creo que sí dijo Josep y luego de agradecerle al entrenador por sus palabras y a su madre por la revelación volvieron al campo a jugar. Incluso Samuel quien ya se había recuperado del golpe (aunque no del todo pero no estaba dispuesto a que no le permitieran jugar).

Correspondió entonces a Josep hacer el saque de salida y ahora que se sentía seguro de sí mismo y de sus habilidades pensó en sorprender al público con sus destrezas. Se concentró en la portería contraria y respiró profundo. Cuando escuchó el silbato que anunciaba que podía hacer el saque de reanudación porque se daba inicio al segundo tiempo del partido golpeó tan fuerte el balón que este llegó hasta la portería contraria. Directo hacia el portero que lo atacó de frente pero el impulso y la velocidad de aquel balón eran tan intensos que Josep metió gol porque el balón acabó entrando a la portería con el portero y todo.

Por un momento el Estadio completo quedó en silencio. Había sido un gol increíble. Hace un momento este chico había cometido muchos errores en el campo y ahora reanudaba el juego como una persona completamente diferente.

Los demás chicos también se esforzaron al máximo en mostrar sus destrezas. Diego, Carlos y Max hicieron buen uso de la técnica creada en inspiración a Rodrigo. En un momento dado Max se hizo con el balón y esquivaba a los del equipo rival mientras se dirigía a toda velocidad a la portería del equipo contrario, seguido de cerca por Diego y Josep a su derecha y Carlos a su izquierda.

Cuando estuvo frente a frente a la portería decidió hacer un pase para que no fuese un tiro directo y evitar facilitarle las cosas al portero rival, entonces Carlos desde su izquierda le gritó que le pasara el balón y esta vez, lograron engañar al equipo contrario de una forma diferente. Max pasó en verdad el balón a su izquierda, hacia Carlos, pero este en lugar de lanzar el balón a la portería, cuando ya los defensas y el portero estuvieron en posesión para defender la portería de su tiro hizo un nuevo pase hacia Josep y Diego.

Fue Diego quien desde su posición, hizo un perfecto gol al lado derecho de la portería, ya que el equipo rival no se esperaba eso y fueron incapaces de volver a posicionarse para evitar el gol.

El marcador rápidamente fue cambiando y los chicos ganaron la delantera de la puntuación.

Samuel no quería quedarse atrás y quería dar también una demostración de destreza desde la portería. Después de todo, ya sabía que estaba dentro de él mismo lograr todo lo que se propusiera. Así que en un momento dado, luego de detener un gol contrario y tener en su posesión el balón verde, lo golpeó tan fuerte que casi repite el gesto inicial de Josep.

El balón fue a parar hasta la portería contraria pero esta vez el portero si pudo evitar el gol. No importaba. Samuel sabía que sus habilidades eran únicas y que podía seguir mejorando.

Al final, ganaron el partido y estaban confiados en que los entrenadores de las selecciones internacionales debían haber quedado impresionados con sus habilidades, ya que las hicieron relucir durante el partido.

En medio del campo los 5 chicos se abrazaron para posteriormente ser abrazados por los demás miembros de la selección, y felicitados por sus propios rivales y su entrenador.

Con lágrimas en los ojos la madre de Josep aplaudía desde las gradas, no podía estar más orgullosa.

En ese momento Josep quiso abrazar también a su entrenador, y así lo hizo.

- *Gracias entrenador.* Le dijo.

Satisfechos con su actuación en el partido y sintiéndose liberados por su nueva revelación, sabiendo que sus destinos no estaban atados a ningún balón de ningún color se dirigieron al autobús, ya que querían llegar al Hotel para celebrar junto a todos los miembros del equipo y sus familias.

Para su sorpresa, el balón rojo había sido colocado cuidadosamente a la entrada del autobús.

- *¿Qué pasa aquí?* Preguntó extrañado Max. *Eso no estaba antes allí.*

-*Alguien debió encontrarlo.* Dijo Diego. *Pero ¿por qué no nos lo entregó personalmente?*

En ese momento, bajó del autobús el portero del equipo de la ciudad lejana que nunca había participado en competiciones. Con quien habían tenido la oportunidad de hablar el día anterior.

- *Yo escondí el balón rojo chicos.* Dijo este mientras bajaba.

- *¿Tu qué?* Le preguntó Samuel *pero ¿por qué?*

- *¿quién eres tú?* Le preguntó Carlos.

- *Han pasado algunos años y he cambiado mucho muchachos, tanto que no me habéis reconocido. Cuando leí la carta que me enviasteis hace poco supe que aún seguíais pensando que vuestra suerte y destino eran determinados por el balón rojo pero tengo que haceros una confesión al respecto* Dijo él. *Así que para hacerlo decidí robar el balón del hotel.*

-*¿Rodrigo?* Preguntaron todos al unísono y se arrojaron sobre él para abrazarlo y saludarlo.

-*¿Cómo pudimos ser tan estúpidos de no reconocerte?* Dijo Josep. Pero la verdad es que Rodrigo había crecido demasiado y ya no era ni la sombra de aquel niño pequeño que algún día fue.

- *¿Y bien, no estáis enfadados?* Preguntó Rodrigo. *¿Puedo explicarme?*

- *¿Enfadados contigo, por qué?* Preguntaron los muchachos *¿qué es eso que quieres decirnos?* Dijeron y Rodrigo les confesó entonces que les había mentido el día que les había confesado haber tenido un sueño revelador con el balón rojo, y que sabía que ese no era el balón de la suerte y que no tenía el poder de cambiar el destino. Pero no quería desanimarlos ni arruinar su ilusión y por eso había inventado todo aquello. Pero cuando se dio cuenta de que esa pequeña mentira había influido en que sus amigos no creyeran en su propia fuerza y habilidades por muchos años decidió actuar y fue allí cuando pensó en robar el balón rojo para demostrarles que podían ganar sin el.

Los chicos se sorprendieron pero jamás habrían podido enfadarse con Rodrigo, lo admiraban porque había sido él quien les había enseñado a jugar en primer lugar, les había hecho siempre muestras de verdadera amistad y entendían por qué había inventado aquello del sueño. De hecho, se lo agradecieron.

Ya nada importaba más, nunca se volverían a sentir atados a ningún balón de ningún color y a nada. A partir de ese momento confiarían en el resultado de su entrenamiento y preparación y en el trabajo en equipo, que dada a su gran amistad, siempre se les había facilitado.

Decidieron ir a celebrar también con Rodrigo felices de que tarde o temprano se enfrentarían a él en la competencia y podrían cumplir la promesa que se hicieron cuando se separaron. Así que lo invitaron a acompañarlos en el autobús.

Antes de subir al mismo, Max arrojó lejos el balón rojo, ya que pensó que era hora de cerrar ese ciclo y que sería bueno no ver ese balón nunca más. Los chicos se fueron entonces pero justo en ese instante, unos niños que habían acudido a ver los partidos en el Estadio tropezaron con el balón rojo en las afueras del mismo y exclamaron:

-¡oh, no podíamos tener mejor suerte!

Reflexión:

Nunca dudes de ti mismo y tus habilidades. Puedes lograr todo lo que te propongas con disciplina, fuerza de voluntad, pasión, amor y determinación. También trabajando en equipo con otros que tengan igual empeño que tú en cumplir sus metas y alcanzar sus sueños. No dejes jamás que creencias absurdas te limiten o te aten. La suerte no existe, tú mismo te creas tus propias oportunidades.

Ahora que sabes esto sal ahora a cumplir tus sueños. No tienes excusa para no hacerlo.

El equipo de futboleros te da las gracias por haber leído hasta aquí.

Si te ha gustado el libro no te puedes perder las próximas aventuras de Rodrigo, Max, Josep, Carlos, Samuel y Diego.

Printed in Great Britain
by Amazon